歌集

楕円軌道

松尾祥子

角川書店

楕円軌道＊目次

装幀　片岡忠彦

歌集

楕円軌道

松尾祥子

春キャベツ

金柑に小さき実生《な》れば一羽二羽椋鳥来たり正月二日

春キャベツあはきみどりの葉のなかの青虫に青虫の生あり

夜の風に万朶のさくら揉まるるをしろがねの大き蛇わたりゆく

本籍をわたしの家に決めて子は婚姻届に判を捺したり

新婚の子らがわたしの家に住みわたしは母の家に転居す

夫とわが暮らしし家に新婚の子らが住みたり箸がかがやく

「おかあさん」男声に呼ばれふたひらの耳ぬくもりぬ初めてなれば

ウエディングドレスでビーチ歩む子の瞳は海の彼方見てをり

花散りて欅に青葉吹く道をどこまでも行く白きスニーカー

団子虫

カラフルな独楽なれどすぐ倒るるは心棒すこしゆがみゐるにや

吐血して救急隊に運ばるる母は小さくわが名を呼べり

血を吐きつつ母くりかへす披露宴明日に控へる孫に言ふなと

母はもう壊れ物なり薬包紙ほどくがごとく肌着を脱がす

突つつけばくるりまるまる団子虫生きてゐるなりそこにもここにも

独り身のわが相棒のぬひぐるみ「お茶にしよう」と言ふことのなし

願ひごと書くは人のみ鳥、獣ねむる夜更けを笹の葉揺るる

かたいとの逢瀬叶はん月光の入りくる窓をほそく開きぬ

二十六の娘のメール「残業後牛丼屋なう」午後十一時

納骨

散薬を飲まんと口をひらくとき細く入りくる五月の光

触れ得ねばせめても夫のお骨をば含みたくなる納骨前夜

後頭部キリキリとせり納骨の夫の御霊の遷さるる時

家持たぬなめくぢ家を持つ蝸牛あぢさゐの葉の上に濡れをり

凪ぐ湖《うみ》の面《おもて》を撫でてはつなつの風さわさわとさざなみを生む

またそこに戻りて我をせめるわれ雨に濡れつつ青む紫陽花

紫詠院智秀英心大姉

西域にパリに銀河に遊びゐん〈紫詠院智秀英心大姉〉

英子さんの甘さ控へしお汁粉の湯気たつを食みき校正室に

〈幕間《アントラクト》〉終はりて幕の上がれるを柊二先生、英子さん居らず

敦賀の月

七百年敦賀の月を眺めゐる椨の木のあり気比神宮に

ああここが気比の松原うつくしき海岸沿ひに原発のあり

捌かれてまだ震へゐる河豚の身を七輪に焼く白くなるまで

河豚を食みひれ酒を呑み酔うてをり娘ふたりとわれと、亡き夫

若狭にて家苞に買ふ干しがれひ白く透く身に卵巣を持つ

若き死者

花籠のあまた届きぬ彼の世にて一年過ごす二十五の甥に

ありのみの二十世紀のみづみづと九月の若き死者かへり来よ

歌舞伎座の「めでたい焼き」のめでたさは餡に抱かるる紅白の餅

鯛焼きを立ち見席にて食むことを甥楽しみき　命日に買ふ

「重《つもる》戀《こひ》雪《ゆきの》関《せきの》扉《と》」見に来たり二十五で時間とまりし甥と

シャガールの青

十月の空にシャガールの青満ちて結婚すると娘は言へり

伴侶得て遠くへ歩みゆく子らよ秋空たかく雲わたりゆく

あかねさす日野春駅に降り立ちて姉と仰ぎぬ冠雪の富士

甲府駅越えて中央本線を西へ向かへば山せまりくる

木守り柿のこしてすべて葉をおとす木よ簡潔に冬生きぬかん

夫の忌をすぎて冬野のしもばしらさくりさくりと踏みつつあるく

門松

四年ぶりのお正月なり門松を照らす日光つつむ月光

新婚の娘に持たす重箱の黒豆に乗す千代呂木ふたつ

かなひたる願ひかなはぬ願ひみな燃やしゆくなりどんど焼の火

そこよりは彼岸なるべしお焚きあげする門松のけむり消えゆく

浴室のタイルに張りて伸ばしおくハンカチはわが心のごとし

十八年、五ヶ国の赴任生活を終へてタイより義兄帰国す

隣室ゆ姉夫婦笑ひあふこゑの響き来てさびしことに亥の刻

文机に宮先生の写真置き慎みて初の選歌終へたり

早春の朝

二《に》月九《く》日の日に入籍したる大ちやんは大典《ひろのり》さんと呼ばれてゐたり

白梅に紅梅の添ふあたたかさ甥のとなりに立つ早織さん

春の波よせてはかへすこの朝の夢のなかにてゆかん補陀落

植木屋の木ばさみの音響ききて早春の朝の庭がめざめる

人語より鳥語聞きたき今日の耳こぶしの白き花に寄りゆく

明日こそは空を飛ぶべし木蓮の葉のなき枝に咲く白き花

育ちたる子にわれの香のもうあらず手をふり別る渋谷の駅に

校庭の百葉箱の木の白さ思へり四月めぐりくるたび

天空をゆく

『読書少年』贈りくれしは十四日死の前日と思はざりけり

地震《なゐ》、津波ありて耐へゐるみちのくにむがすもいまもわたる青北風《あをきた》

月白の馬にまたがり歌を詠み天空をゆく長身の人

岩手山に四月の鷲の見ゆるころ柏崎さん旅立ちましぬ

巣を作り、孵り、雛巣立つ二ヶ月の命見守《まも》りき四十雀日記

ひばの木に百たびの雪さらにまた六たびの雪　驍二さん居らず

「真と新」思ひて歌を詠まんとし夜更けひらきぬ『北窓集』を

そら豆スープ

大空を鳥わたりゆくはるけさに朝のつめたき水をのみほす

ひさかたのそら豆スープ緑々《あをあを》とのみどをくだるとき春がくる

はなびらをさらへる風がはなびらをこぼしてゆけりわが髪の毛に

強震の止む気配なし建《たけ》日《ひ》向《むか》日《ひ》豊《とよ》久《く》士《じ》比《ひ》泥《ね》別《わけ》よ鎮まれ

南阿蘇の九十二歳金さんは地震に耐へて歌よみいます

娘よりヘルパーさんはやさしくて風呂場に母の笑ひ声する

子を叱りゐしこの口が母親を叱らんとせり大福食ます

白頭翁

霧のなか岳樺《だけかんば》・大白檜曾《おほしらびそ》を車窓に見つつ蔵王を登る

傘を打つ雨のひびきを聞きながら蔵王に立てり霧晴れたまへ

雪のこる五月の蔵王登りきて緑濃きそのお釜見おろす

白頭翁花《おきなぐさ》のをはりてほほけをり金瓶村の茂吉の墓辺

〈守谷傳右衛門〉表札かかりゐて昼しづかなり茂吉の生家

ロンドン

夏至の夜のロンドンの九時明るくて残生を思ふにはまだ早し

鯖《マッカロウ》一尾捌きて新婚の子はロンドンになじみゆくらし

ラッシュ時の地下鉄《チューブ》に乗りて影のごと隅に立つなり旅行者われは

婿仕事、娘カレッジに行きし朝カフェに居り国民投票《レファレンダム》の日を

前夜また投票日午後雷ひびくイギリスよＥＵを離脱す

バージンロード

六月の雨に濡れをりこの家の主《ぬし》なる蟇は二匹に増えて

梅雨晴れに姉が漬けたる小梅干しひとつひとつに天神ねむる

梅雨明けの日暮れを待ちて買ひにゆく紫蘇と茗荷と絹ごし豆腐

わが婚に母の纏ひし黒留をわれも着るなり嫁ぐ子のため

をさな顔のこる娘の夫に似るおでこを見つつベールダウンす

一年が一歩と聞きて子と歩むバージンロード二十七歩で

踊りつつ新郎新婦入場す大きひまはりのブーケを持ちて

「父さんへ」子が読む手紙黒留を着るわが横に夫ゐるごとく

いたはり、いたはられ

亡き夫のペンケースよりをりをりにペン借りて書く歌の断片

寝ねぎはに握手し母の頭撫づかつてわたしがされたるやうに

焼酎と梅干し夜のキッチンにわが守護神のごとくいませり

伴侶得し娘ふたりがこのごろはわれをいたはるごとく物言ふ

一皿が四皿になる夕餉かな娘夫婦が来るとし聞けば

わが過去と未来がそこにあるごとく娘と母と食べる焼き肉

色づける樹木のラ音つもりゆく落葉のファ音ひびく公園

彼岸此岸違へどともに居るやうな半月が抱く半月の闇

スターガーデン

富士見ゆるマンション星の庭《スターガーデン》に姉は求めつ小さき部屋を

八ヶ岳に向かふ四人と一匹を乗せてマーチは高速飛ばす

豪快な兄の運転なんのその犬と母とは爆睡しをり

晩秋の赤岳、横岳、阿弥陀岳いろづく木々をぬきて聳ゆる

雪かむる南アルプスの稜線のくつきりとせり晩秋の空

百目柿軒に吊るすを見つつ来て蕎麦屋やつこまに天せいろ食む

渋柿も甘柿もあまた実のなりて甲州の空を照らす柿の木

膝の上の犬あたたかし眠りつつ息を吸ふときふくらむ体

初句五音その一文字にこだはりて過ぎたる冬のひと日ゆたけし

十年を書き続けたる一冊の日記を閉ぢる　さよなら私

モンサンミッシェル

数へ日の羽田を発ちて午後三時暮れゆくヒースローに降り立つ

海老の出汁ほどよく効きぬ我がためにと子の作りたるブイヤベースは

ロンドンのクリスマス市《マーケット》〈花やしき〉ほどある移動遊園地来る

ロンドンになじみたる子と熱々のグリューワインを飲みつつ歩く

運転する婿と助手席の子の会話聞きながら後部座席に眠る

旅をする心はづみぬ耳に入る英語いつしか仏語にかはり

羊ゐる草原見えて海見えてふいに現る聖ミカエルの山《モンサンミッシェル》

海に立つ岩全体が修道院その尖塔の聖ミカエル像

壁沿ひに髑髏ならべて葬りたる一角のあり修道院に

囚人は修道士らの衣食住支へてここで死にゆきしとぞ

天国も地獄も作る人間は修道院を監獄にせり

城壁に沿ふ店のぞきつつ歩きラ・メール・プラールのオムレツに遇ふ

ムール貝、塩味のする羊肉食みたりクエノン川のほとりに

銀杯で飲む赤ワイン毒味する青き眼《まなこ》の侍女おもひつつ

そらとうみ朱に染まれるを黒々とこの世に聳ゆ聖ミカエルの山《モンサンミッシェル》

紅梅白梅

あづさゆみはるのねのひのあのひのねゆめのなかにもゆきふりつづく

目玉なきゆきをんな大きマスクしてインフルエンザ置いてゆきたり

寒気するうなじをゆふべさやりたる手こそインフルエンザなりけれ

南天のくれなゐの実は熱に臥すわが枕辺の窓に映りぬ

大き穴ふたつわが庭に掘りたるは誰ならん昨夜の夢に出できて

気力出る薬、サプリを検索し過ぎてゆきしよ睦月如月

官能の刺激はとほく春の夜を蕗味噌のほろ苦さ味はふ

ピッコロの音色ころころ風にのり紅梅白梅いまはなざかり

黄昏の耳

早朝のロンドンからの娘の声は黄昏のわが耳を濡らせり

君は胡麻われは黄粉を選びしを思ひつつ食む彼岸のおはぎ

言の葉をもたぬ桜はふるふると雲なき空へ裸身をひらく

角まがるたびに尿《ゆまり》をする犬はときをり耳を立てて風読む

とりあへず「せとかみかんとマンゴーのパルフェ」を買ひぬ気力なき午後

美形などいつときのこと七十を越えたる人の皺の良きかな

壮年のスーツ姿の良かりしがロマンスグレーの君見たかりき

丸末書店

あさあけの佐渡ながめつつ神馬藻を入れたる風呂に首まで浸かる

鉛筆とノートを丸末書店にて買へり　良き歌詠めますやうに

国上山展望台へのぼり来てブランコを漕ぐ高野公彦

葛練りのとろーりとろり澄みゆくに似たり良寛晩年の恋

二十日月うすく残りぬ佐渡島見つめるわれを見守るごとく

小宇宙われ

木から木へわらひ声うつりゆくごとく桜はひらくま昼の空に

消灯後両脚消えて腕消えてあらはれ出づる煩悩あまた

死者の棲む常世はとほき国ならず五月の道に咲く犬ふぐり

二足歩行する動物の美しきからだウサイン・ボルトが走る

乾坤の気をあなうらに感じつつ太極拳二十四式を舞ふ

無極とは宇宙　天地の気を練りて演舞するときふかく呼吸す

電流を感じるやうにびりびりと気を感ず手のさき足のさき

丹田に気を鎮め深く息を吸ふ宇宙のなかの小宇宙われ

奉楊慧先生

智慧ふかきまなこの澄みて楊柳のなびけるごとし白鶴の舞

五十年

われはわれになるしかなくて八歳の少女の五十年後を生きる

地下鉄が地上を走るひとときをビルがゆき木々がゆき影がゆく

地下深く走る電車にまどろめばぎーんぎーんと時間がゆがむ

地下鉄が核シェルターになるといふ霞ケ関の真下のあたり

己が身も捨て得るや汚すだけ汚し地球脱出もくろむ輩《やから》

核弾頭一万五千あまりあり四十六億歳の地球に

青梅雨のひと日こもれば平凡の凡のなかなる点のしづけさ

枕辺に明日着る服をたたむとき手放さん今日の由無し心

天国の扉

午後九時のロンドンの空あをあをとネバーランドのごときあかるさ

四日ほど娘の時間もらひたりロンドンの婿に挨拶をして

夫と行くはずだつた旅　フィレンツェとベネツィアを訪ふ夫似の吾子と

七月の陽にきらめけるアルノ川ポンテ・ベッキオ橋を映せり

〈天国の扉〉に手触れゐるわれをこの世につなぎとめをり娘

五メートル越す真はだかのダビデ像うつくしきそのふぐりを下げて

人は逝き絵画は残りわれは見る五百年後のボッティチェッリ〈春〉

Tボーンステーキ一キロ平らげてグラスかかげるバッカス二人

子は明日をわれは昨日を語りつつゴンドラでゆく大運河《カナル・グランデ》

サン・マルコ広場に鳩と人群れて正午の鐘のひびきわたれり

わかくさの夫にネクタイ選ぶ子に運河の夏の風ふきわたる

ジェラートを半分こして子と食めりいつも夫としてゐたやうに

磁気嵐

眠りつつ八十秒呼吸止まるらし睡眠時無呼吸症候群われ

人工呼吸器《シーパップ》つけてねむればねむりつつ毎夜宇宙に旅立つごとし

磁気嵐発生したるながつきの自律神経みだれやまざる

夫がわれにくれたる幸のひとつにて転勤はよき友を与へき

二十五から九十四まで台風の最中に集ひ歌語りあふ

台風にあらがひ集ふ「コスモス」の歌友なり二〇一七年秋

十月の京都洛西二十九度抹茶クリームあんみつを食む

半世紀経て姉とゆく西芳寺父母と訪ねし夏語りつつ

般若心経三回唱へ写経して無となりて入る苔の宇宙へ

しなやかに風に揉まるる青竹をわが残生の背骨となさん

ロンドンより一時帰国の子と食べる角煮入りなる豚骨ラーメン

チョコスキー・マツオノヴィッチ・カツヨノワ食後かならず菓子つまみをり

母を諭し夕べは吾子に諭されて柘榴ぽろぽろ赤き実こぼす

カルボナーラ

枝のみとなりて立ちたる大公孫樹うしなふもののない明るさに

三十九度越えて臥しゐる母を抱く八十八歳最後の夜に

手をにぎる背中をさする肩をだく生きるとはこの身体あること

冴えわたる睦月の空にリュック背負ひスニーカー履き初出勤す

歩き方講座で学び肩さげて内臓あげて駅前をゆく

育休を二ヶ月取ると言ふ甥はカルボナーラを上手につくる

戦争を想起させる字省きつつ甥は思案す息子の名前

甥の書く「命名佳史」でかでかとみどりごの眠るかたへに貼らる

散るために咲くにはあらずくれなゐの梅ふつくらと今を薫れる

極光

ロンドンの子の家を発ち三時間アイスランドにわれは来たりぬ

ケフラビーク空港は午前十時にてやうやく夜があけゆくところ

しののめのそら虹色にかがやけり正午の鐘が鳴るレイキャビク

氷点下五度なる夕べ〈カフェ・ロキ〉に来てあつあつのラムシチュー食む

はるばると来たれる旅に眺めをり海嶺が地上に露出する地球の割れ目《ギヤウ》

太束の湯が噴き上がる間欠泉《ゲイシール》五十メートル越える高さに

雪原を轟き落つる黄金の滝《グトルフォス》水しぶきはも氷柱となりて

落つるまま凍りたる滝ふたたびを訪ふことのなきわれを拒絶す

英語仏語独語とびかふバスに乗る日本人三人極光《オーロラ》を見に

極光《オーロラ》はあはく光りてゆれながらこの世の外へわれを誘ふ

期待していたが色は見えなかった

白絹をたらせるごとく光りつつ極光《オーロラ》は巻きまたもどりゆく

この世から離りゆくときわれは見ん闇に音なくうごく極光《オーロラ》

蕪と鱈

海を知らぬ蕪と大地を知らぬ鱈ともに煮えたりミルクスープに

薄ら氷の張ればば思ほゆアンデルセン読みつつ眠る妙子のまぶた

新品の掃除機あまた並びをりいかなる家の埃を吸ふや

子の内に子のゐる不思議さんぐわつの光の空に桃の花咲く

さかのぼるほど饒舌になる母と半世紀分の写真整理す

一九七二年の写真なり赤い祝着の柊二先生

〈背後より疲労の襲ひくる気配〉もちて師は五十代を過ごしき

「見てって」と玉井さんのこゑ降るごとく桜咲き満つ通夜を出づれば

笑顔しか浮かばぬ玉井周子さん伊予生まれにて温かかりき

穴

さくら散りさくら咲きまたさくら散り安倍政権はいまだ変はらず

地震、噴火止まざる国が作るとぞ原発もリニア新幹線も

原発を止めざる国にじわじわと核廃棄物集まり来るや

南アルプストンネルは長さ約二十五km、深さ最大で約千四百mと言う

もしリニア新幹線を止めたなら列島に残る深き穴、穴

極東の島に穴掘り永久に核廃棄物処理する話

地下深く核廃棄物埋めし島巨大地震に沈みゆくかも

「日本が見えない」竹内浩三の声よみがへる平成末期

夏がちかづく

城壁のごとくに本を積みあげて一日仕事す職場にわれは

歌だけが支へと記す九十歳つつしみて助詞ひとつを直す

いち日を歌にまつはる仕事して駅まで歩く葉桜の道

いけいけでいけた時代はゆたかなる老後の夢が広がつてゐた

母とわが夕餉は鳥の餌のごとし少量パックを二つ三つ買ふ

われの手をぎゆつと握れる母の手を握り返して歩むこの世を

萎みたるのち新しく咲く菖蒲終はりは次の始まりに似て

目鼻口はつきり見える４Ｄ《フォーディー》の画像の胎児八〇七グラム

八ヶ月の胎児を有葵乃ちゃんと呼ぶ娘は腹に手をあてながら

なんとまあ腹にハートと赤ちゃんを描きて頬笑む妊婦がわが子

突き出たる腹に絵を描き写真撮る　安産祈願と娘は言ふも

紫陽花がいろづき西瓜ふとりつつ子が母になる夏がちかづく

フォンダンショコラ

鳥のこゑ若葉のこゑを聞きながら母と姉とゆく清里高原

雪かむる富士ながめつつ母の日に母と食むなりフォンダンショコラ

焼きたてのフォンダンショコラおぼろげな母の記憶のごとく溶け出す

なにもかもわれにまかせる母なれどときに神託のごときを宣らす

産み月の子は六月のドアあけて水の身体をゆらりとゆらす

子もわれも母も父なく父の日のゆふベジンギスカン鍋かこむ

玄関のかたすみに姉がそだてゐるミニトマト小さき実をふたつもつ

昨日より十度さがりて荒梅雨の窓打つ雨が夢に入り来る

数独のページをひらきねむりゐる母はいづこの空に遊ぶや

のつしのつし

産み月の子と悪阻《つはり》の子くる夕べ祖母の味なるばら寿司つくる

六ミリの胎児の育つ力はもその母を朝な夕なに吐かす

胎内の命にいかにたましひは宿るや白き水芙蓉咲く

のつしのつしと産み月の子はあゆみ来る三十五度の海の日の午後

身籠もれる子がふたりゐて子を産みし四月、八月よみがへりくる

腕白な女《め》の子ならんよ母親の肋骨を痛いほど蹴る胎児

胎児いま三・八キロあるといふ臨月の子がスクワットする

「子宮口全開」「破水」父になる婿のラインは分娩室より

富士山は標高三七七六メートル

富士山の高さが赤子の重さとぞ　一・二リットル出血をして

乳ふふむをみなご見ればああわれの両の乳房が張るごとし

身重なる長女が次女の子を抱く驟雨すぎたる午後の産院

産み終へし子は汗ばみて眠りをり向日葵と陽が照りあふまひる

細く眼をひらくみどりご産まれ来しこの世をそつとうかがふごとく

青人草

朝なさなひらく木槿のそこべにの紅《べに》きはまりて原爆忌くる

八月の青人草《あをひとくさ》よ　みどりごを抱きつつ六・九・十五日過ぐ

廃炉計画なきまま再稼働決めぬ地震予知すらできない日本

汚染水海に流せる極東の島国に降る長月の雨

極東の列島は原爆実験にふさはしかりしか　ああいまもなほ

一国を滅ぼさん首相えらびしはわれらなり今なら戻れるか

女四代

孫を得しわれに母ゐる喜びよ「落ち着きなさい」と時に叱られ

何とまあ丸顔丸鼻似てゐたる女四代ひとつ屋根の下

家事、子守り姉が一手にひきうける風邪に倒れしわれにかはりて

華甲まであと一年の誕生日われそつくりの赤子と眠る

待ち待ちしウンチ五日目に出でたれば赤子みんなに誉められにけり

仕舞ひ置きし臍の緒子らに渡し終へむらむらと子を産みたくなりぬ

鼻筋のとほる胎児は夫に似て長女宿すは男の子なるらし

宮参り終へて翌週戌参り平成最後の秋がすぎゆく

賑やかに迎へん夫の五年祭子らは伴侶得て子を授かりて

甘酒談義

枕辺に睡眠の本積みあげて博士となるや眠れぬわれは

抱き枕、ガーゼの寝間着、ラベンダーねようねむらなねむれよねむれ

三役の揃ひ踏みかな風邪、不眠、ストレス襲ひヘルペスになる

いわし雲そらにあふれて長月の虫リルリルと庭に鳴き出づ

つぶつぶの苦手なわれと好きな姉ゆふべ甘酒談義はつづく

ほどほどといふはむつかし初秋の庭をおほへるドクダミと紫蘇

不可思議な物体ならん自らの拳みつめて飽かぬみどりご

泣くほかに声だすことを覚えたるみどりご「うぐー。あぐー。」と言へり

おっぱいをやりつつ御飯食べる子がときに幼き表情をせり

軌道離れ遠ざかる星　ベビーカー押して夫婦で帰りゆく子ら

いのちゃん

胎内にわが育ちゐし聖五月〈東京オリンピック〉決定す

敗戦後の二度目の亥年むくむくと雲湧く夏にわれ産まれたり

白黒よりカラーが良くてとなり家にお邪魔して見き「ジャングル大帝」

『うりんこの山』を読みたる十歳に犬歯が生えて縞々を恋ふ

＊北村けんじ・作／瀬川康男・絵

原子力は巨大なる夢のエネルギーと習ひき大阪万博のころ

己《つちのと》亥《ゐ》生まれは病める猪と言ふしらけ世代のわれらのことか

チェルノブイリ原発事故は底なしの空わたりわれとみどりご侵す

子もわれも自我のイガイガもてあます二十四時間眠らぬ街で

母の沽券などへし折らるいつよりかいのちやんなどと子らに呼ばれて

伴侶得し子らが小声で話しをりいのちやんの老後問題などを

うりんこは母になり今祖母になり還暦に孫のうりんこを抱く

復興、廃炉頓挫し五輪、万博に民意鼓舞して終はる平成

走るゐのしし

風呂上がりの赤子つきたての餅のやう湯気のなかにてほわわとあくぶ

ぐいーんと長女の腹を蹴る胎児わが還暦に生まるる男の子

戌年の女孫、亥年の男孫得て華甲一歳走るゐのしし

木瓜の花咲きて明るし還暦のわれに卒寿の母がゐること

白寿にてハワイへ行くを目標に母はパスポート更新したり

手をさすり母を眠らせ抱つこして赤子眠らす　てのひら温し

希望

歩け、行け、命令形で自らを鼓舞する母よ心荒ぶや

九十になればわかると言ふ母よわれはそれまで生きるだらうか

五年祭終へて諦めがつくといふことはなけれど紅葉うつくし

何もかも捨ててあなたの元にゆく日が来るは一つ希望のごとし

風やみて静かなる午後ひかりつつ落ち葉ふりくる落ち葉のうへに

黄葉も銀杏《ぎんなん》もみな散りつくし公孫樹大樹は瞑想に入る

結婚指輪《ペアリング》ふたつあはせて還暦の胸にかざらん　生きざらめやも

○歳児

熟したる庄内柿を啜るとき口から鳥になりゆくわれら

折れた枝テープで巻きし梅の木がつぼみつけたり睦月の庭に

不可思議な顔して匙を咥へをりはじめて粥を食みたる赤子

匙はこぶ前からまるく口あけて子ツバメのやう粥待つ赤子

スプーンをむんずと摑み五ヶ月の子ははじめてのお粥たひらぐ

〇歳児あやして歌ふ九十歳こゑに張りあり力還るや

背に鍼を打たれ串焼き思ひをり頑張り過ぎを叱られながら

うすべにの梅ひらくあさ夫に似る二重まぶたの男の子生れたり

元号の変はれる年に生まれ来て律といふ名を賜はりし子よ

黄水仙ほのかに香りみどりごは弥勒菩薩の笑みうかべたり

きさらぎの部屋ふくらみぬ乳欲りて泣くみどりごの男声と女声

喃語にて通ずるらしも手をのべてふと見つめ合ふみどりごふたり

六十年前に祖父母にたまひたる雛人形なり孫に飾りぬ

丸顔の雛人形のおちよぼ口つむりてしづか見られゐるとき

母乳神話

新生児微笑見飽かずふにゃふにゃのからだ抱きてゆらゆらゆする

泣く子抱き乳の出ぬ子が泣く夜更け昔のわれを抱くごとく抱く

白梅に降る雨見つつ黙しをり母乳神話に子は傷つきて

粉ミルクさらさらこぼれ母乳出ぬ子はミルク瓶洗ひつつ泣く

夫の名を小さく呼びぬみどりごが夫似の眉根寄せるゆふぐれ

亡き人のあやしゐるにや宙を見て手をばたつかせ笑まふみどりご

窓辺より梅のかをりのながれきてふといれかはるみどりごと死者

しやつくりをしつつ泣きだすみどりごよ「オッハヨオッハヨ」今日も元気だ

ひと月のみどりごの顔の大きさのまつ赤な林檎一箱とどく

湯に浸かりぴんつくぴんつく両脚を伸ばす赤子に男のしるしあり

「忘れた」と母は明るしうつしよのあれこれ悩むわれの傍へに

小さき兜

混みあへる渋谷駅前交差点ひとりひとつの死を運びゐる

男《を》の子子に縁なきわれが男《を》の子子を初めて得たり還暦にして

紙おむつ開くすなはち放物線描き尿《ゆまり》す二ヶ月の子が

いつせいに花咲くまひる竜の玉飾る小さき兜をえらぶ

歯がための石いただきに来し神社しめ縄ゆらし若葉風ふく

みどりごと青葉影さす湯に浸かるさざなみのごとき喃語ききつつ

子から子へ手足口病伝染し三家族みな感染したり

豆ごはんお重につめてとどけんよ娘二人が寝こむ母の日

岩手山

五月もう鷲のかたちの見えねども岩手山はも雪のこりをり

啄木の目となりて見ん岩手山　鶴飼橋のまなかに立ちて

ササラ竹背負ひ太鼓打つ鹿踊り踊る男ら若くはあらず

舞ひ終へて鬼剣舞の色冴ゆる面をはづせり汗ぬぐひつつ

歌をかたり南部美人を酌みかはす北上川を見おろす店に

『六六魚』肴にわれら盛り上がり〈枕流亭〉に酔ひてさうらふ

梅の凹

「アベ政治を許さない」兜太揮毫せし文字掲ぐ米寿の澤地久枝は

梅雨晴れを一歳児から卒寿まで四代そろひ梅仕事せり

梅の凹見つつ思ほゆ善人も悪人もひとつ臍を持つこと

もう少し娘でゐたく梅雨寒を食べよ歩けよスパルタ介護

九十の母を叱りしむなしさが夜ふけげんこつ煎餅かじる

こもごもに光と雨を浴びながら色ふかめゆくあぢさゐの青

原発ＮＯの意思表示なり原発を持たぬ業者の電気を選ぶ

政権の批判タブーとなりゆくか令和のラ行音の冷たさ

体内にマイクロチップ埋めらるる猫をり雨のやまぬ七月

便利だとそそのかすホモ・ファーベルよ我にマイクロチップ埋めるな

ブルーライト遮断し今日のニュース閉づ百年生きたやうに疲れて

白南風はこの世巣立ちし人たちの声のせてわが耳朶を吹きすぐ

ゆふぐれをほのか明るむほほづきよ草花は嘘をつくことのなし

還暦テニス合宿

なまよみの甲斐大泉晴れわたり還暦テニス合宿に来ぬ

二十人の寝部屋確保す小淵沢に暮らす同期の野中夫妻が

同期にて結ばれたるはただ一組恋の話はさまざまあれど

三十度越える日射しに焼かれつつまづストレッチと声が飛びかふ

テニスコート二面にひびく球の音セミの声にも負けぬ確かさ

見るだけと言ひゐしわれも誘はれてラケット握る十年ぶりに

走る止まる見る打つぐーんと球は飛びまた返りくる球打ち返す

青春の力もどりて天球をとらへるごとくスマッシュを打つ

緑陰に汗をぬぐひて一杯の水を飲むこの星に湧く水

蟬声のやみたる日暮れ地に満つる蟋蟀のこゑ松虫のこゑ

二分でと言はれし近況報告に四十年は語り尽くせず

ああ君も伴侶を亡くし三人の子を育つるや笑窪そのまま

惑星の楕円軌道の重なりの一夜集ひてまた離りゆく

予期不安

ずぶ濡れは歓喜に似たり自転車で豪雨の街をびゅんびゅん飛ばす

雨に目をしばたたき水したたらすいつか海へと帰るわたくし

亡き人もともに広場で遊ぶらし母がこの頃見るといふ夢

来るたびにお鈴《りん》を鳴らす一歳に今日も喚ばるるこの家の霊

乳呑み児の泊まりし部屋に晩秋の風ふき入りてガラガラのこる

人の世に生きるは難し樹の瘤をさすりつつその木陰に憩ふ

人の世に生きるは哀し手と手と手つなぎていつかその手を離す

予期不安かかへて今を楽しめぬ愚かなる身を電車が運ぶ

いとこ会

年一度集ふ従兄弟会しんがりの二十七人目われも還暦

九十八、九十五、九十の伯母世代居て引きしまるわが従兄弟会

四世代三十八人集ひたり締めは満州引き上げの話

ふるさとの越の川音聞くごとく遠き目をして伯母は微笑む

ルーツみな中条町の〈桂屋〉のわれら乾杯ののちのわやわや

最後の評

夫が逝き六度目の秋孫の名もおぼろとなりて姑はほほゑむ

一歳が〇歳ぎゆつと抱きしめるどんぐりころころころがりながら

冬に入る前の明るさ街路樹は黄金のこゑこぼしやまずも

白秋の知らざる六十代に入りニコライ堂の鐘聞きに行く

三十四年続いたバンクーバー短歌会解散

バンクーバー短歌会にて交はりぬわが壮年の十三年を

バンクーバー歌会四百十回目メールで送る最後の評を

はじまりがあれば終はりがあることの白つばき赤つばき美し

生きたやうに人は死ぬのか月光に白く浮きたつ山茶花の花

天界

九年ぶりに元旦の陽をあびにけり夫の仕舞ひし屠蘇器とお重

婿ふたり孫ふたり増え正月の鯛をわが焼く夫のかはりに

夜を照らすましろき月のまんまるの一升餅を背負ふ一歳

嘘に嘘かさねることは「安倍る」なり　森友、桜、原発、コロナ…

ウイルスは生物兵器といふ説の実験室の白きてぶくろ

三月の雪積もらずに消えゆけりコロナで自粛つづく東京

原因は不眠不休と言はれたり携帯電話の受信トラブル

春嵐ひと日荒れたるゆふぐれの空にましろき窓ひらきをり

非常時に咲く木蓮の白きはな病む子に友はマスクくれたり

天界のごとくに見えて一歳と九十一歳あそぶ縁側

ＩｇＡ腎症

若草の妻となり子を産みし子のからだに病魔ひそみてゐたり

子は治療受ける決意す残りまだ七十年あるかも知れぬ生

病院の十一階に空仰ぐ子の腎臓に針刺されゐん

腎生検受けたるのちのふた月を子は一歳児抱けずに過ごす

ＩｇＡ腎症と子に病名のつきたり赤き椿咲く午後

透析を回避するべく子が受ける扁桃摘出パルス療法

子の麻酔醒めゆく頃か一歳の孫と一番星を仰ぎぬ

デイケアに母、保育園に孫あづけ芽吹き初めたる木蓮仰ぐ

母の名は勝代

「負け代さん」が口癖の母誇らかに「輪投げ一等賞」を見せたり

輪投げの輪手にもち踊る幼子の遊びにいまだ勝ち負けのなし

瞬きもせず口あけて一歳は五週間ぶりにその母に寄る

児は母の腕を背中をよぢのぼり顔こすりつけ甘噛みをせり

三十歳ちがひの母我子孫にて人生といふを眺むるごとし

青若葉男の子女の子を膝に乗せ歌へり翼もたざるわれは

一歳の子に指示されて四世代七人毎朝測る体温

感染者日ごと増えゆく秋津島大和の国を地震も揺らす

朝顔の花

カップ麺一人啜りぬ３密を避けて通へる職場の机

家籠もる日々に短歌は支へとぞ八十五歳が記すリポート

たのしみは青葉風吹く公園にマスクはづして息を吸ふとき

「ありがとう」言はれるたびにうつし身にほわんとひらく朝顔の花

さまざまな色に咲きたる朝顔の赤を迷はず選ぶ一歳

てのひらを障子に映し「も一回」せがむをさなと蝶々を歌ふ

寝る前に今日の良きこと三つほど口にして今日はおしまひにする

莢つきの空豆買はん何かやることはないかと聞く母のため

真夏日を寒いと毛布巻く母の心のさむさ思ひてゐたり

三十度超すに暖房入れたがる母よ夜空に花火があがる

うんてれがん

絞首刑逃れし岸の卑怯さを受けつぐ安倍の嘯きやまず

めぐり来し疫病《えやみ》の時代ナツツバキ散りても辞めぬ男を憎む

うんてれがんとは愚か者うんてれがん次々出でて政《まつりごと》せり

三人がリモートワークする声を聞きつつ昼のパスタを茹でる

マスクする息苦しさはねつとりと梅雨に入りゆく空気の重さ

逝きし子も嫁も忘れて姑は米寿祝ひの鰻いただく

ひつたりと触れあふ育児、介護ありて救はれゐるはわれかも知れず

丹田に鎮まらぬ気はのぼりつめ入道雲のやうなる頭

靴下を四枚重ねして眠る雨に打たれてゐたのはこころ

二度童子となりたる母は幼子とゾウさんのバッグ取り合ひをせり

梅雨寒の早き日暮れを幼子は背中とんとん叩きくれたり

「はぴばすで」まはらぬ口で唄ふ子は指二本立てて拍手されたり

縁

世にあらば三十一歳剛大《たけひろ》の七回忌せり竹酔月に

甥の死後六年われらを見守りし上人様の法話あたたか

叔父を知らぬをさな子二人焼香す明滅しつつ命めぐりて

宗教の異なる父、夫、甥ねむる〈縁《えにし》〉の墓に戒名はなし

供へたる〈秋味〉飲みて剛大と語らんわれは六年老いて

空を越え銀河旅せん肉体を脱ぎて自由になりし魂

あめのあさひらく桔梗のむらさきのちさき口よりもれくる光

〈プレドニン〉ともに飲みをり腎を病む娘と免疫不全の犬と

呼べば尾を振り幸を撒くハッピーにひそかに癌がすくひてゐたり

金木犀かをれる朝《あした》水さへも飲まずに犬は胃液を吐けり

尾も振れぬハッピー九歳膿たまり破裂寸前の子宮かかへる

子宮全摘全身麻酔する犬に祈れり天の気地の気をあはせ

犬よりもわれらの方が喜びぬ生きてわが家に帰り来し犬を

騙すのもときには良けれカステラに薬を埋めて犬に食べさす

ゆららさらら

密を避け人の喋らぬ職場にてキャビネをぎぎと引く音のする

クレームの電話に声を荒げゆく書道講師の若さともしむ

底紅の木槿咲いては散る庭に明日より今日を思ひてゐたり

助詞の「の」を覚えし二歳しろたへの「ゆきちゃんの箸」「ゆきちゃんのパン」

レモン好き、金柑も好き皮のままかぶりつく子の酸つぱい笑顔

「陸くん」と手つなぎ歩く二歳児が好きといふ語を覚えて使ふ

曾祖母と「さいたさいた」を歌ふ子よ小さき脳《なづき》のそよぎてあらん

雨の日も風の日もみなマスクして明日へ歩むこの世の人は

公孫樹の金《きん》もみぢの紅《こう》のきはまりてひととき忘る疫病の世を

喪を告げる葉書はしんと溜まりつつ母の歳あり我の歳あり

寄りそふは時にむつかし母あゆむ九十代は霧のなかなる

重たげに黄《きい》に色づく花梨の実一つは落ちて一つは残る

コロナ禍のよきこと一つ　ありのまま生きんと決めて髪染めを止む

生家にて九十一の母と住むゆららさららと清く生きたし

あとがき

『楕円軌道』は、『月と海』に続く私の第五歌集で、二〇一五年から二〇二〇年までの作品、四六九首を収めました。年齢で言えば五十六歳から六十一歳にあたります。

夫をはじめ、大切な家族を三年続けて亡くしたあと、どう生きて来たのかさえ朧ですが、歌を読み返すと、家族が増え、新しい命が生まれ、この六年間もまたかけがえのない時間だったことを、有り難く思います。

歌集名は、「惑星の楕円軌道の重なりの一夜集ひてまた離りゆく」から取りました。還暦テニス合宿での歌ですが、明滅する命、その惑星のような瞬きは、時に重なり、離れ、そして大いなる宇宙に還ってゆく、そんなイメージを込めました。

命あるもの全てが、一つの宇宙に帰すると思うとき、人間はあまりにも自らの利益のみを追求し環境を破壊し、生態系を壊し、さらに欲望のままに突き進もうとしていることが恐ろしいです。せめて歌を詠むときは、この宇宙に生かされている自分の、普遍意識に心を澄ませたいと思います。

なお、「」内とカタカナのみ、新仮名表記を用いています。出版にあたりましては、角川文化振興財団の矢野敦志氏、打田翼氏にたいへんお世話になりました。ありがとうございました。「コスモス」の先輩、友人の皆様、そして短歌を通して知り合い、いつも私を励まして下さる方々に心よりお礼を申し上げます。

二〇二一年五月三日

松尾祥子

著者略歴

松尾　祥子（まつお・しょうこ）

1959年　東京生まれ
　早稲田大学第一文学部心理学科卒業
1985年　コスモス短歌会入会
　桐の花賞、評論賞、コスモス賞を受賞。現在、選者
1992年　「棧橋」同人となる
2000年　歌集『風の馬』（本阿弥書店）出版
2006年　歌集『茜のランプ』（柊書房）出版
2012年　歌集『シュプール』（柊書房）出版
2015年　歌集『月と海』（柊書房）出版
　　　　「灯船」創刊に参加

ＮＨＫ学園短歌講座専任講師
現代歌人協会会員、日本歌人クラブ会員

現住所　〒168-0065
　　　　杉並区浜田山１丁目２２番１４号

歌集　楕《だ》円《えん》軌《き》道《どう》

コスモス叢書第1196篇

2021年7月26日　初版発行

著　者　松尾祥子

発行者　宍戸健司

発　行　公益財団法人　角川文化振興財団

〒359-0023　埼玉県所沢市東所沢和田3-31-3

ところざわサクラタウン　角川武蔵野ミュージアム

電話 04-2003-8717

https://www.kadokawa-zaidan.or.jp/

発　売　株式会社　KADOKAWA

〒102-8177　東京都千代田区富士見2-13-3

電話 0570-002-301（ナビダイヤル）

https://www.kadokawa.co.jp/

印刷製本　中央精版印刷株式会社

 ISBN978-4-04-884433-8 C0092